11285

CHANTS

RÉPUBLICAINS,

ET

POÉSIES PATRIOTIQUES.

CHANTS
RÉPUBLICAINS,

ET

POÉSIES PATRIOTIQUES

Du Citoyen P E R S O N,

Ingénieur & Mécanicien, Membre de
la Société Républicaine des Arts, Auteur
iverses Machines utiles pr′
la Convention Nationale·

Avec le nouveau Calendrier p   An
troisieme e la République Françai e.

A P A R I S;

Chez B A S S E T, Md. d'Eſtampes,
rue Jacques, N°. 670.

Et chez D U F A R T, Imprimeur-Libraire,
rue Honoré.

DÉDICACE

DE L'AUTEUR.

C'EST aux Vertus que je dédie
Et mes travaux & mes talens :
Les Arts ne connoissent de grands
Que le mérite & le génie.

COUPLETS

Pour le premier jour de l'An.

AIR : *Avec les Jeux dans le Village.*

BON jour, bon an ; mais point d'E-
trennes,
Ce régime honteux est à bas,
Où l'intérêt cachant ses haines,
Donnoit des baisers de Judas.
Le vil & rampant égoïsme
Feignoit d'adorer le Veau d'or ;
Et l'ambitieux despotisme
Caressoit en donnant la mort. (*bis.*)

I I.

Ils sont passés ces jours de crime,
L'honneur est à l'ordre du jour ;

A 3

La vertu n'eſt plus la victime
Des fureurs d'un coupable amour.
Thémis ajoute à ſa balance
De l'Egalité le niveau ;
Et pour diſtinguer l'innocence,
De la Raiſon prend le flambeau. (*bis.*)

I I I.

Approchez-vous , ſexe timide,
Aimable & ſenſible Beauté ;
D'une horde impure & perfide
Ne craignez plus l'atrocité.
C'eſt à l'Autel de la Patrie,
Que vous recevrez le bonheur :
De la contrainte l'infamie
N'immolera plus votre cœur.   (*bis.*)

I V.

Et vous enfans , que la tendreſſe
Rend précieux à vos parens ,

Dans le sentier de la sagesse ;
Marchez dès vos plus jeunes ans ;
Le cri de « vive la Patrie »
Frappa votre oreille au berceau : ...
Répétez-le toute la vie ,
Et qu'il soit votre dernier mot: (*bis.*)

V.

Bientôt la raison avec l'âge
Déploiera vos heureux penchans ;
Déjà le zèle & le courage
Sont les fleurs de votre printemps.
Votre été prévenant l'automne ,
Vous en produira les doux fruits ;
Et les fruits que la gloire donne ,
L'hiver en augmente le prix.   (*bis.*)

HYMNE

AU PEUPLE FRANÇOIS.

AIR : *des Marseillois.*

GLOIRE immortelle au Peuple libre,
Par qui le vice est abattu !
Français, tu reprends l'équilibre
Que la sagesse avoit perdu.   (*bis.*)
Ne craignons plus que l'imposture,
Couverte d'un voile emprunté,
Ose de son souffle empesté
Corrompre la simple Nature.
En bons Républicains, goûtons la Liberté.
Marchons, (*bis*) toujours au pas de la
ferme équité.

II.

Sous l'étendard de la Patrie,
Unissons-nous avec ardeur ;

Que la fière Aristocratie
Frémisse à l'aspect du bonheur ! (*bis.*)
Voyez la horde fanatique
Pâlir & de rage & d'effroi.
Ne pouvant plus faire la loi,
Elle prend le masque civique...
Courage, Citoyens ! la victoire est à nous ;
Bientôt, (*bis*) les intrigans seront à nos
genoux.

I I I.

x cohortes étrangères ,..
Nous bravons leurs derniers efforts.
De toutes parts , nos braves Frères
Les chargent jusque dans nos Forts. (*bis.*)
Plus de Despotes ,..plus d'esclaves
Sur notre sol victorieux ; .
Le Français libre & vertueux
Ne redoute plus les entraves.
La foudre est dans nos mains ... vils sup-
pôts des Tyrans ,
Tremblez, (*bis*)! Vaincre ou mourir ! ..
Comptez sur nos sermens.

COUPLETS

SUR LA DIVINITÉ.

AIR : des Marseillois.

D'UN Être divin l'existence
Plus que jamais s'offre à nos sens.
C'est lui qui, veillant sur la France,
Dirige nos pas triomphans.   (bis.)
Voyez ces astres innombrables
Suspendus au milieu des airs;
Est-il mortel dans l'Univers
Qui puisse en créer de semblables ?
Frères, en jouissant de notre Liberté,
Rendons, (bis) un juste hommage à la
Divinité.

I I.

Le voile de l'hypocrifie
Cachoit l'augufte vérité.
Des Prêtres la morale impie
Dégradoit l'immortalité.　　　　　(bis.)
Sous les traits hideux du caprice
Ils repréfentoient l'Eternel ;
Mais la Raifon, de fon Autel
A chaffé l'erreur & le vice.
Frères, en jouiffant, &c.

I I I.

Pour honorer l'Être Suprême,
Loin de nous la féduction !
Que jamais notre ardeur extrême
Ne tourne en fuperftition !
Pour guide ayons la confcience ;
Prenons les vertus pour foutiens,
Nos défenfeurs, voilà nos Saints,
Et la gloire eft notre efpérance.
Frères, en jouiffant, &c.

I V.

Eſt-ce en feuilletant un Bréviaire
Que l'homme acquite ſes devoirs ?
Et la gloire du ſanctuaire
Eſt-elle dans les encenſoirs ?
Laiſſons à l'orgueil fanatique
Ces appareils vains & trompeurs ;
Le plus beau culte eſt dans les mœurs ;
Vrais tréſors d'une République.
Frères, en jouiſſant, &c.

YMNE

HYMNE A MA SECTION,

A L'HONNEUR DE CHALIER,

NOTRE PATRON,

maſſacré à Ville-Affranchie en Sep-
tembre 1793.

AIR : *De la Croiſée.*

VOUS, qu'amour de la Liberté
Remplit d'une ardeur vive & pure,
Pour gagner l'immortalité
Vous cherchez une route ſûre.
De l'honneur ſuivez le ſentier,
En marchant d'un pas intrépide.
Suivez les traces de Chalier ;
   Il ſera votre guide.   (*bis.*)

B

I I.

Comme lui déteſtant les Rois,
Détruiſons juſqu'à leur image;
Dans la pratique de nos Loix,
Faiſons reſpecter notre ouvrage :
Combattons juſques au trépas
Les ennemis de la Patrie :
Pour la venger des ſcélérats,
Chalier donna ſa vie.   (bis.)

I I I.

Prenons ce Héros pour Patron :
Patron, c'eſt-à-dire, un modèle,
Car plus de Saints … c'eſt la raiſon
Qui doit diriger notre zèle.
Voulons-nous cueillir le laurier ?
Que la vertu ſoit notre égide.
Suivons les traces de Chalier;
   Il ſera notre guide.   (bis.

COUPLETS

Sur le triomphe de la Montagne, qui a enfanté la Constitution Républicaine.

Même air que le précédent.

POUR conquérir la Liberté,
Chacun signala son courage ;
Mais conservant la Royauté,
C'étoit rester dans l'esclavage.
Une sainte insurrection
Nous fit, en dépit de l'Espagne,
Sortir la Constitution
Du sein de la Montagne.   (*bis.*)

I I.

Après avoir combattu tous
Contre des Tyrans sanguinaires,

Nous croyons n'avoir parmi nous
Que des Défenseurs & des Frères ;
Mais les ennemis des Français
Ne font pas tous en Allemagne ;
Et les vils crapauds du marais,
  Menaçoient la Montagne.   (*bis.*)

I I I.

Sous les dehors les plus trompeurs,
Ces Caméléons hypocrites ,
Se donnant pour grands Orateurs,
Comptoient former des profélytes ;
Mais la République bientôt ,
Renverfant les Châteaux d'Efpagne ,
Leur fit faire un terrible faut
  Du haut de la Montagne.   (*bis.*)

I V.

Maintenant , pour vaincre au dehors ,
Des caveaux nous tirons la foudre ;

Les brigans font de vains efforts,
Ils vont être réduits en poudre.
La victoire attend nos guerriers
À la fin de cette campagne ;
Et nous planterons nos lauriers
 Autour de la Montagne.   (bis.)

HYMNE A LA LIBERTE.

A I R : de la piété filiale : *Jeunes Amants.* |

O Liberté, chère aux Français !
Viens de nos cœurs remplir l'attente ;
Détruis le vice pour jamais ;
Que la vertu soit triomphante !]
Ne permets pas que la fierté
Ose intimider l'innocence ;
Conserve - nous l'Egalité ;
Mais foyons égaux fars lice nce.   (*bis.*)

I I.

Maintiens la Justice & les Loix ;
De l'opprimé prends la défense ;
Que l'homme rentrant dans ses droits,
Ne connoiffe plus l'indigence.

Fais-nous fur-tout chérir l'honneur,
Et méprifer la calomnie :
Qu'on puiffe marcher au bonheur,
Sans avoir à craindre l'envie.　(*bis.*)

I I I.

Tout Citoyen régénéré,
Se montre en brave Patriote,
Et chacun de nous a juré
D'honorer le bon Sans-culotte.
O Liberté ! de nos Héros
Couronne la vertu guerrière.
Plus d'ennemis... plus de rivaux ;...
De ces monftres purge la terre. (*bis.*)

I V.

Tu nous délivras de nos fers
En renverfant le defpotifme :
Enfevelis tous les pervers
Sous les débris du fanatifme.

Ah ! pour le prix de tes faveurs ,
Nous te rendrons un pur hommage ;
Et dans les transports de nos cœurs
Tu reconnoîtras ton ouvrage.   (*bis.*)

COUPLETS

SUR LE PÈRE PROCUREUR
D'UN COUVENT.

AIR : *C'est ce qui me console.*

J'ÉTOIS nourri splendidement ;
Je vais mourir comme un hareng ,
   C'est ce qui me désole ; (*bis.*)
Pour éviter ce triste sort ,
J'emporterai le coffre-fort ,
   C'est ce qui me console. (*bis.*)

I I.

Ci - devant nous faisions la loi,
Maintenant on nous montre au doigt,
     C'est ce qui me désole : (*bis.*)
En catogan, canne à la main,
J'aurai l'air d'un bon Citoyen,
     C'est ce qui me console. (*bis.*)

COUPLET VILLAGEOIS ;

Sur la ci-devant Justice vénale.

AIR : *Ah bravo Calpigi.*

AVOIR affaire à la Justice,
En vérité c'est un supplice.
A peine a-t-on un p'tit comptant,
Le Diable est là qui vous le prend. (*bis.*)
Faut aller de Caïphe à Pilate ;
Et l'on finit par avoir tort :
La raison se donne au plus fort. (*bis.*)

RONDE VILLAGEOISE,

Pour danfer devant le Temple de la
Raifon.

AIR : *La bonne aventure !*

Vive, vive, Citoyens,
   Notre République !
Au Diable tous les vauriens
   De Royale clique !
Quand j'penfons à ces profcrits,
Comme ils nous rendoient petits !
    J'en ons la colique,
      O gué !
    J'en ons la colique.

I I.

Adieu Moines & faquins,
 Joueurs de marotes,
Petits-colets muscadins,
 Coquètes dévotes,
Vous qui fûtes fi rufés,
Pour le coup vous v'la rafés
 Par les Sans-culottes,
  O gué !
 Par les Sans-culottes.

I I I.

Sans caroffe ni, laquais,
 Meffieurs les Defpotes,
A pied, comme des barbets,
 Marchent dans les crottes ;
Ils font forcés à leur tour
De faire humblement la cour
 Aux bons Sans-culottes,
  O gué !
 Aux bons Sans-culottes.

I V.

I V.

Oui , nous v'la régénérés
    En vrais Sans-culottes ,
Et je ferons délivrés
    Des faux Patriotes.
S'ils venoient nous tracaffer ,
J'les ferions trétous danfer
    Comme des marmotes ,
      O gué !
    Comme des marmotes.

V.

Quant à ces grands fanfarons ,
    Bijoux d'Allemagne,
Jarnigué ! j'les attendons
    En rafe campagne ;
Et j'leur voulons , fous nos coups ,
Faire chanter à genoux :
    Vive la Montagne ,
      O gué !
    Vive la Montagne !

V I.

Le cœur rempli de gaîté ,
J'venons fans tumulte
A l'aimable Liberté
Rendre un jufte culte ;
Tout en chantant la Raifon ,
J 'pouvons bien danfer en rond ,
Sans lui faire infulte ,
O gué !
Sans lui faire infulte.

COUPLETS

sur l'ouverture de la nouvelle Campagne.

AIR : du Vaudeville des *Vifitandines.*

DIGNES enfans de la Patrie,
Défenfeurs de l'Egalité !
Vous combattez la perfidie,
Pour affurer la Liberté.　　　(*bis.*)
Courage ! encore une campagne,
Et fon Empire eft affermi :
Certains de vaincre l'ennemi,
Tenez-vous ferme à la Montagne. (*bis.*)

II.

Avons-nous befoin du falpêtre
Pour foudroyer nos oppreffeurs ?

C 2

Le limon qui les a fait naître ,
Leur lancera nos traits vengeurs ;   (*bis.*)
Et tous les beaux plans de Campagne
De ces furibonds infenfés ,
Avec eux feront renverfés
Par les volcans de la Montagne.   (*bis.*)

I I I.

Le defpotifme & l'anarchie ,
Eux - mêmes creufent leurs tombeaux ;
Et l'infernale hypocrifie
Tremble à l'afpect de nos Héros. (*bis.*)
Républicains ! cette campagne
Eft le dernier coup de l'honneur ;
Et nous goûterons le bonheur
Sous les palmiers de la Montagne. (*bis.*)

I V.

Déjà la Raifon dans fon Temple
Aux vertus appelle nos cœurs ;

Déjà l'on y puise l'exemple
Du civisme & des bonnes mœurs. (*bis.*)
Le Citoyen & sa compagne ,
Se livrant au culte des Loix ,
N'y connoissent plus que la voix
Qui vient de la sainte Montagne. (*bis.*)

POUR L'ARBRE

DE LA LIBERTÉ.

CE Peuplier , dont le feuillage
Va bientôt s'elever aux Cieux ,
A l'Univers offre l'image
D'un Peuple libre & glorieux.   (*bis.*)
Le printemps ouvrant la Campagne ,
Prépare à nos nombreux Guerriers
Une récolte de lauriers
A la gloire de la Montagne.   (*bis.*)

COUPLETS

A l'honneur de nos braves Défenseurs
morts aux Frontières.

AIR : *Aimables enfans de Cythère.*

O Guerriers , dont l'illustre cendre
Repose à l'ombre des Cyprès !
Ah ! puissent les échos vous rendre
L'amertume de nos regrets !
Hélas ! vous perdîtes la vie
En défendant la Liberté ;
Mais votre amour pour la Patrie ,
Vous donne l'immortalité.   (*bis.*)

I I.

„ Plutôt la mort que l'esclavage « :
Vous le jurâtes en partant ;

Et la mort fut votre partage ;
Elle acquitta votre serment :
Animés du même courage,
Nous irons braver le trépas ;
On nous verra dans le carnage
Vous venger, ou suivre vos pas.   (*bis.*)

III.

Vous dont j'ai vu couler les larmes,
Dignes parens de nos Héros !
Par un sentiment plein de charmes,
Vous vous consolez de vos maux.
Votre cœur à sa République
Immole tendresse & regrets :
Ce sacrifice est héroïque,
Il vous illustre pour jamais.   (*bis.*)

HYMNE

A LA FRATERNITÉ,

Pour le Banquet fraternel qui s'est donné dans tout Paris en mémoire de nos victoires.

AIR : *L'amitié vive & pure.*

CITOYENS, cette Fête
Où préside la gaîté,
   C'est le cœur qui l'apprête
Au nom de la Liberté.
   La victoire nous convie
A célébrer l'Egalité :
   Buvons tous à la Patrie,   } *bis.*
   C'est la plus chère santé.

I I.

Vive la République !
Chantons ſes brillans ſuccès !
Du règne deſpotique ,
Ne craignons plus les excès.
Sous nos coups la tyrannie
Expire avec la Royauté.
Buvons tous , &c.

I I I.

L'Angleterre & l'Eſpagne
Font d'inutiles efforts ;
La Pruſſe & l'Allemagne
Nous abandonnent leurs Forts,
Et du Français l'énergie
Par-tout rabaiſſe la fierté.
Buvons tous , &c.

I V.

Que chacun à plein verre
Noye tout reſſentiment ;

Et qu'il donne à son frère
Le plus tendre embraffement !
Périth à jamais l'envie !
Vive , vive la Liberté !
Buvons tous , &c.

V.

Quel afpect admirable !
Et les Graces & l'Amour,
Ne formant qu'une table ,
S'applaudiffent tour à tour.
O Fraternité chérie !
Tu nous remplis de volupté.
Buvons tous , &c.

CONSOLATION

DE L'INNOCENCE,

Pour le mariage d'un Citoyen, qui pré-
cédamment avoit été acquitté au Tri-
bunal Révolutionnaire.

A I R : *des Marseillois.*

CITOYENS , fêtons l'Innocence :
Un Frère à nos vœux est rendu.
De la Justice la balance
Est le creuset de la vertu.   (*bis.*)
Au milieu des cris d'alégresse,
L'absous sortant victorieux ,
Goûte un bonheur digne des Dieux
Dans les larmes de la tendresse.
Amis, que de douceurs dans la fraternité!
Chantons, chantons : vivent nos Loix !
    vive l'Egalité !

I I.

En ce jour, le sage Erimaute
De ses maux perd le souvenir.
Pour jamais, à sa tendre amante,
La Liberté vient de l'unir.   (*bis.*)
L'heureux printemps qui les couronne,
Leur promet un été charmant ;
Et les doux-fruits du sentiment
Fertiliseront leur automne.
Amis, que de douceurs, &c.

I I I.

Le souffle impur du fanatisme
D'amour étouffoit le flambeau ;
Et l'hymen, sous le despotisme
Au vice servoit de manteau :   (*bis.*)
On y voyoit l'époux parjure
Donner des fers à la beauté
Mais aujourd'hui, la Liberté
Règne seule sur la Nature.
Amis, que de douceurs ! &c.

I V.

I V.

C'eft l'amitié qui nous convie
A fêter le jour du bonheur :
Jour agréable à la Patrie !
Nous te célébrons de bon cœur ; (*bis.*)
Tu vas, par un ferment civique,
Uniffant deux cœurs vertueux,
Augmenter l'effaim précieux
Des Soldats de la République.
Amis, que de douceurs dans la fraternité !
Chantons, chantons : vivent nos Loix !
vive l'Egalité !

D

HYMNE FUNÉRAIRE

POUR LA CÉRÉMONIE DES OBSÈQUES.

AIR : *de la Romance : Ah ! pauvre Jacques.*

Le Commissaire des Convois.

RÉPUBLICAINS , en son dernier séjour,
   Déposons les restes d'un frère ;
Et pensons tous que chacun à son tour
   Doit rentrer au sein de la terre, (*bis.*)

Mais le mortel , né pour la Liberté ,
   Aux bienfaits consacrant sa vie ,
Goûte d'avance un bonheur mérité
   Dans les regrets de la Patrie.

Chœur des affiftans.

Républicains, en fon dernier féjour
　　Dépofons les reftes d'un frère ;
Et penfons tous que chacun à fon tour
　　Doit rentrer au fein de la terre. (*bis.*)

Le Commiffaire.

Les actions font le feul paffeport
　　Pour faire l'éternel voyage.
Avec effroi l'homme impur voit la mort ;
　　La mort eft le repos du fage.

Chœur.

Républicains , &c.

Le Commiffaire.

Du Créateur , la fuprême bonté
　　Aux humains donnant l'exiftence ;

D 2

Destina l'ame à l'immortalité ;
C'est notre plus chère espérance.

Chœur.

Républicains , &c.

INVOCATION.

ÊTRE divin , dont les sages Décrets
De l'erreur distinguent le vice !
En t'adressant nos vœux & nos regrets,
Nous n'implorons que ta justice. (*bis.*)

Pour notre frère , en ce jour de douleur,
Daignes combler notre espérance ;
Et que son ame, au sein du vrai bonheur,
Bénisse à jamais ta clémence. (*bis.*)

Chœur.

Pour notre frère en ce jour de douleur,
Daignes combler notre espérance ;
Et que son ame au sein du vrai bonheur,
Bénisse à jamais ta clémence.   (*bis.*)

COUPLET.

Sur l'hypocrisie des mauvais Prêtres.

IL faut un culte ; il faut une Divinité ;
 Fût-elle même imaginaire ;
 Et dans les airs, & sur la terre.
 Tout prouve cette vérité.
 Mais présenter l'Être Suprême
Sous les traits du caprice & de la cruauté !...
Secte perfide !..... ah ! tu te peins toi-
  même ;
Et ton Dieu véritable est la cupidité.

COUPLETS

SUR LE VRAI CULTE.

AIR : *Aimables enfants de Cythère.*

L'AUTEUR divin de la Nature
Fut toujours le Dieu de nos cœurs ;
Et les efforts de l'imposture
Se font diffipés en vapeurs.
La perfidie & l'égoïfme
En vain diftilloient leur poifon ;
Le monftre affreux de l'athéïfme
Expire aux pieds de la Raifon. (*bis.*)

II.

Tout nous annonce la puiffance
D'un Etre qui veille fur nous.

L'injustice assiégeoit la France ;
Les pervers tombent sous nos coups ;
Les Prêtres nous faisoient la guerre
Au nom de la Divinité ;
L'Être divin purge la terre
De ces monstres d'iniquité.　　(bis.)

I I I.

Le feu, le fer & la disette
Menaçoient les Républicains ;
Mais le François lève la tête ,
Et la victoire est dans ses mains.
Bientôt les Arts & le Génie
Redoublent leurs nobles efforts ;
Et la Nature à l'industrie
Prodigue ses riches trésors.　　(bis.)

I V.

Chantons le Dieu de la Patrie ;
Rendons hommage à ses bienfaits.

Il renverſa la tyrannie ;
Il fertiliſe nos guerets.
Nous lui devons cette énergie
Qui nous a fait briſer nos fers.
Chantons le Dieu de la Patrie,
Chantons le Dieu de l'Univers.   (bis.)

HYMNE

A L'HONNEUR DE L'ÊTRE SUPRÊME.

AIR : *Quels accents, quels transports !*

CITOYENS réunis sous ces vastes
    portiques ,
Qui ne rétentissoient que d'accents fana-
    tiques !
De l'auguste Raison la consolante voix
    Vous appelle au Temple des Loix. (*bis.*)
Il n'est plus cet autel qu'encensoit le par-
    jure :
L'Univers sert de trône au Dieu de la
    Nature.
Nous ne reconnoissons au sein de l'unité ,
Que le Dieu des bienfaits & de la Liberté.

I I.

C'en eſt fait pour jamais, Miniſtre du
    menſonge ;
Votre empire ſuperbe a paſſé comme un
    ſonge.
Sous le manteau ſacré, vous ne porterez
    plus
  Le poiſon au ſein des vertus. (*bis.*)
Maintenant en horreur, & l'opprobre du
    monde,
C'eſt en vous puniſſant que l'on chante à
    la ronde :
Nous ne reconnoiſſons au ſein, &c.

I I I.

Trop long-temps abuſant d'un droit ima-
    ginaire,
Enfin nos oppreſſeurs ont mordu la pouſ-
    ſière !

Transformés en Héros, vieillards, femmes,
    enfans,
    Ont pu renverser les Géants ! (*bis.*)
Cet effet merveilleux de force & de cou-
    rage. . . .
Du Maître des deftins, Citoyens, c'eft
    l'ouvrage.
Nous ne reconnoiffons , &c.

INVOCATION.

Tout puiffant Créateur des cieux &
    de la terre ,
Qui fondroyes les Rois en ta jufte colère !
Fais que les Nations fur nos pas triom-
    phans ,
    Détruifent les derniers Tyrans. (*bis.*)
Alors ne formant plus qu'un Peuple de
    bons Frères ,
A ta gloire on dira fur les deux hémifphères :
Nous ne reconnoiffons , &c.

COUPLETS

Sur la naissance de trois Jumeaux pré-
sentés à la Convention Nationale par
la Section Chalier, le 7 Thermidor.

AIR : *O toi ma meilleure amie !*

A l'utilité publique
Chacun se doit à son tour ;
Et la Couronne civique
Peut se donner à l'Amour.
     Femme chérie
A son pays fait honneur
     En donnant avec ardeur
Des Défenseurs à la Patrie.
} (*bis.*)

I I.

Les francs & chauds Patriotes,
Vengeurs de la Liberté,

Dans

Dans la haine des Despotes
Trouvent la fécondité.
    Femme chérie
  Met le comblé à leur bonheur,
  En donnant avec ardeur
Des Défenseurs à la Patrie.

I I I.

En partant pour la campagne,
Un de nos jeunes Héros,
A sa fidelle compagne
Fit les adieux les plus beaux.
    Femme chérie !
  Tu partages ses exploits,
  En donnant tout à la fois
Trois Défenseurs à la Patrie.

I V.

Citoyens que le bel âge
Appelle au champ de l'honneur !

E

Cet exemple vous engage]
A fignaler votre ardeur.
       Femme chérie,
  Pour couronner fon vainqueur,
  Donneroit de bien bon cœur,
Trois Défenfeurs à la Patrie.

V.

Dignes enfans de la gloire
Doux efpoir de vos aïeux
Nés au fein de la victoire.
Oui, vous comblerez nos vœux.
       A la Patrie
  Vos noms déjà précieux,
  Triplent l'effaim glorieux
Des vainqueurs de la tyrannie.

V I.

Et vous, fléaux de la terre!
Expiez tous vos forfaits.

Le Ciel a mis le tonnerre
Entre les mains du François.
De la Patrie
Nous avons brisé les fers . . .
Nous peuplerons l'Univers
Des vainqueurs de la tyrannie.

COUPLET

D'UN JARDINIER DE COUVENT,

Sur la destruction des Moines.

AIR : *Des fraises.*

J'AVONS bêché tout le jour
Le jardin des bons Pères ;
Mais par un juste retour
Ils bêcheront à leur tour
Nos terres, nos terres, nos terres.

E 2

CHANT TRIOMPHAL

Sur les Victoires éclatantes de l'Armée
du Nord.

AIR : *de la Marche du Déserteur.*

CITOYENS, chantons la gloire
De nos braves Défenseurs.
Nous leur devons la victoire
Qui détruit nos oppresseurs.

De notre vive alégresse ,
Faisons retentir les airs ;
Qu'une pure & sainte ivresse
Soit l'ame de nos concerts !
Les Despotes dans leur rage ,
Expiant tous leurs forfaits ,
Reconnoissent le courage
Des Républicains Français.

Chœur.

Citoyens , chantons , &c.

I I.

Vive , vive la Patrie !
Les Tyrans font aux abois ;
Et l'infame perfidie
Tombe fous nos fages Loix.
Quelle douce intelligence !
Quels délicieux accords !
Il n'eft pas jufqu'à l'enfance
Qui n'exprime fes tranfports.

Chœur.

Citoyens , chantons , &c.

I I I.

La Liberté nous anime ;
L'Egalité nous unit ;

E 3

Un fentiment magnanime
A la gloire nous conduit.
De nos mains forgeant la foudre
Nous renverfons les remparts ;
Et l'Aigle, réduit en poudre,
Fait place à nos étendards.

Chœur.

Citoyens, chantons, &c.

I V.

Béniffons la Providence
Qui nous comble de bienfaits.
La victoire & l'abondance
Rendent fameux nos fuccès.
Le nom de la RÉPUBBLIQUE
Déjà par-tout eft vanté ;
Et fon Génie héroïque
Vole à l'immortalité.

Chœur.

Citoyens, chantons la gloire
De nos braves Défenseurs.
Nous leur devons la victoire
Qui détruit nos oppresseurs.

IMPROMPTU

SUR LES CHARMES DE LA LIBERTÉ.

AIR : Chanson, chanson.

QUEL est l'objet qui nous engage
A voler sans crainte au carnage ?
    La Liberté.
Et dans un tendre tête-à-tête,
Qu'est ce qui préside à la Fête ?
    La Liberté.

COUPLETS

*Sur le danger de la Patrie, dans la
nuit du 9 au 10 Thermidor.*

AIR : *Valeureux Liégeois !*

FRANÇOIS, levons-nous;
Il faut s'armer tous
Contre la perfidie.
En vrais Montagnards
Bravons les poignards,
Et sauvous la Patrie.

Au bruit de l'infernal tocsin,
Amis, n'allons pas nous méprendre ;
C'est le signal de l'assassin,
Qui ne cherche qu'à nous surprendre

François, levons-nous, &c.

I I.

En vain nos glorieux exploits
Des Rois ont abattu l'audace ;
L'Univers respecte nos Loix ,
Et Catilina nous menace ?

    François , levons-nous , &c.

I I I.

Chacun en bon Républicain
A juré de punir les traîtres.
Le Peuple en masse est Souverain ,
Et dans son sein trouve des Maîtres !

    François, levons-nous , &c.

I V.

Sous les dehors les plus trompeurs ,
L'intrigue fait cacher sa trame ;
Ecoutons moins les grands parleurs,
Et sachons lire dans leur ame.

    François , levons-nous , &c.

V.

Le vrai point de réunion
Dans l'Empire démocratique,
Amis, c'eſt la Convention :
Nous lui devons la République.

Françoise, levons-nous, &c.

SANSCULOTINE,

Sur le Jugement de l'infame Roberspierre.

AIR : *Ça ira ! ça ira !*

AH ! l'y voilà, l'y voilà, l'y voilà,
Ce guillotineur infatigable.
    Ah ! l'y voilà, l'y voilà, l'y voilà ;
A fon tour le traître y paffera.

' Vit-on jamais Catilina
Plus defpote & plus fcélérat ?
    Ah ! l'y voilà, &c.
Le grand Dictateur , Robert-le-Diable,
    Ah ! l'y voilà, &c.
Quel bonheur pour nous de le voir là !
Nous pourrons bien dire : Ah ! ça ira ,
» Et malheur à qui nous trompera « !

Ce n'eſt plus que le coupable
Déſormais qu'on guillotinera.
Ah ! l'y voilà , l'y voilà , l'y voilà,
   Ce guillotineur infatigable.
Ah ! l'y voilà , l'y voilà , l'y voilà ;
A ſon tour , le traître y paſſera.

I I.

Ah ! c'eſt heureux , fort heureux , trop
        heureux ,
Qu'on ait découvert la perfidie.
   Ah ! c'eſt heureux , &c.
Qu'on ſoit délivré d'un monſtre affreux.
   Les dehors les plus vertueux
   Couvroient des complots odieux.
   Ah ! c'eſt heureux , &c.
D'avoir pu déjouer l'infamie.
   Ah ! c'eſt heureux , &c.
Car le piége étoit bien dangereux.
Trompés par les diſcours captieux ,

                                Les

Les francs Patriotes, de leur mieux
  Croyant fervir la Patrie ,
Servoient des brigands ambitieux.
Ah ! c'eft heureux , fort heureux , trop,
      heureux ,
Qu'on ait découvert la perfidie.
Ah ! c'eft heureux , &c.
Qu'on foit délivré d'un monftre affreux.

HYMNE

A NOS GUERRIERS GLORIEUSEMENT BLESSÉS,

Pour le Banquet qui leur a été donné par la Section Chalier, le 23 Thermidor, jour mémorable du 10 Août.

A I R : *Veillons au salut de l'Empire.*

VOUS qui verſez avec courage
Votre ſang pour la Liberté !
De nos cœurs recevez l'hommage
Au ſein de la fraternité.
           Guerriers !
        Les lauriers
Sont pour vous plus chers que la vie ;

Suivez ,
Poursuivez
Le cours de vos nobles travaux.
Mourir en sauvant la Patrie ,
C'est le triomphe des Héros.   } *bis*

II.

Sous vos coups l'affreux Despotisme
Du Trône fut précipité ;
Et l'espoir du patriotisme
Est dans votre intrépidité.

Guerriers ! &c.

III.

Retournez au champ de la gloire
Recueillir ses fruits précieux ;
Déjà le Temple de Mémoire
Retentit de vos noms fameux.

Guerriers ! &c.

I V.

Défenseurs de la République
Portez au loin ses étendards ;
Et que l'Empire tyrannique
Soit renversé de toutes parts.

Guerriers ! &c.

V.

Pour mettre fin à tant d'injures ,
Frappez nos derniers oppresseurs ;
Et glorieux de vos blessures ,
L'Amour les couvrira de fleurs.

Guerriers ! &c.

RONDE

Sur le complot des nouveaux Tyrans.

AIR : *Amis, prenons-nous par la main.*

FRÈRES , veillons autour de nous
  Pour démafquer les traîtres.
Autant vaudroit nourrir des loups ,
  Que conferver des maîtres.
Des maîtres !... quand mille fuccès
Nous ont délivrés pour jamais
  Du règne defpotique ?
Mais patience , mes amis ,
Tous les Tyrans feront détruits ;
Et puis , (*bis.*) vive la République. (*bis.*)

I I.

Méfions-nous des fcélérats
  Se difant Patriotes ,

F 3

Grands Orateurs à tour de bras
  Vrais Joueurs de marotes.
Tout en prêchant l'Egalité,
Dans leurs regards est la fierté
  D'une ame tyrannique.
Méprifons les difcours flatteurs ;
Mais poursuivons les impofteurs ;
Et puis.... (*bis.*) vive, &c.

I I I.

Par-tout l'étendard tricolor
  Affure nos conquêtes.
Quand aux Rois nous portons la mort,
  Par-tout ce font des Fêtes.
Bientôt nous verrons l'Univers
Devenir, en brifant fes fers,
  Une famille unique.
Nombre d'Etrangers & Soldats
Déjà fe jettent dans nos bras ;
Et puis.... (*bis.*) vive, &c.

I V.

Tandis que par-tout au dehors
   Nous avons la victoire ,
Au dedans nous ferions moins forts !
   Cela fe peut-il croire ?
Non , non ; c'eft un fait bien certain ,
Le François eft Républicain ;
   Chacun de nous s'en pique.
Reftons unis , fermes , conftans ;
Livrons aux Loix les malveillans ,
Et puis . . . . . (bis,) vive , &c.

V I.

Et puis , & puis , ce n'eft pas tout ,
   Il faut de la morale.
En parlant peu , difons beaucoup ;
   Soyons d'humeur égale.
Toujours zélés & vertueux ,
Employons - nous de notre mieux

A la chofe publique ;
Et pour goûter la Liberté ,
A l'ardeur joignons la gaîté ;
Et puis . . . . (*bis.*) vive , &c.

COUPLET A LA RAISON.

A I R : *Je fuis Lindor.*

SAGE Raifon dont le divin Empire
Rend immortels l'honneur & la vertu !
Nous te rendons un culte méconnu ;
Et fous tes pieds le fanatifme expire.

POÉSIES
PATRIOTIQUES.

MORCEAUX DÉTACHÉS

DU MÊME AUTEUR.

PRÉCEPTES

RÉPUBLICAINS.

Homme libre ! fois jufte, & mets dans
la balance
Ce que te doit ton frère, & ce que tu
lui dois.
Connois également tes devoirs & tes droits,
Si tu veux affurer ta douce jouiffance.

Puiſſant par ta valeur, ſois fier, mais
   ſois humain.
Fais de ton ſuperflu le généreux partage ;
Et laiſſe à tes enfans l'honneur pour héri-
   tage ;
C'eſt le plus cher tréſor du vrai Républicain.

De l'auguſte Raiſon recherche la lumière,
Ami de la droiture & de la vérité,
Ferme toujours l'oreille à la cupidité ;
Au cri de l'innocence ouvre la toute en-
   tière.

Mais ce n'eſt pas aſſez d'être bon Ci-
   toyen,
Bon père, ami ſenſible, époux tendre &
   fidèle,
Tu dois à ton pays le tribut de ton zèle ;
Et l'intérêt public eſt préférable au tien.

Sache ſur-tout, mon frère, au mépris
   de l'envie,
Au péril de tes jours, chérir la Liberté

Sache vivre pour elle & pour l'Egalité.
Qui ne vit que pour foi, eroupit dans
l'infamie.

PORTRAIT DE MARAT.

QUEL homme, quel Argus !... &
quelle eft fa conftance ?
Du fond de fon caveau comme il parcourt
la France !
Rien n'échappe à fes yeux...... rien
n'émouffe fes traits.
Au milieu des dangers il eft infatigable.
Un cœur pur brave tout.... Oui je le
reconnois :
Voilà l'Ami du Peuple, & c'eft le véritable.

PENSÉE SUR LE VETO.

VETO !.... méconnoît-on d'un tel droit l'étendue ?
Ou veut-on dans les fers se replonger bientôt ?
Malheureuse Patrie ! ah ! je te vois perdue,
Si tu ne fais rayer ce redoutable mot.

RÉFLEXION
SUR LE DESPOTISME.

LA France avec ardeur te cherche, ô Liberté !
Mais le Français, hélas ! ne sait pas te connoître.
Jamais te trouva-t-on près de la Royauté ?
Et me croirai-je libre en servant sous un Maître ?

Fin.

CALENDRIER

POUR L'AN III

DE LA RÉPUBLIQUE

FRANÇOISE,

ET LE RAPPORT

AVEC L'ANCIEN STYLE,

Précédé de l'annonce des Éclipses, et suivi des 36 Fêtes décadaires.

A PARIS,

Chez BASSET, rue Jacques, au coin de celle des ci-devant Mathurins.

L'an III. de la République française, une et indivisible.

ÉCLIPSES.

IL y aura pendant cette année républicaine quatre éclipses, deux de soleil et deux de lune. On ne verra à Paris que les deux éclipses de lune.

La première éclipse de soleil arrivera le 2 Pluviose, et la seconde le 28 Messidor.

La première éclipse de lune arrivera le 15 Pluviose à 11 heures 8 min. 51 secondes du soir ; son milieu le 16 Pluviose à 34 m. 12 secondes du matin ; sa fin à 1 heure 59 min. 35 secondes ; sa grandeur sera de sept doigts 18 min. au sud de la lune.

La seconde éclipse de lune arrivera le 13 Thermidor à 6 heures 56 min. 28 secondes du soir ; son milieu à 7 heures 52 min. 28 secondes ; sa fin à 8 heures 47 min. 28 secondes ; sa grandeur sera de deux doigts 49 min. au nord de la lune.

I. VENDÉMIAIRE.

Ere Républicaine.		E. Vul.	Lunaisons
1 prim.	raisin.	22 I. SE.	*suiv. l'Ere*
2 duodi.	safran.	23 mar.	*républicai-*
3 tridi.	châtaigne.	24 mer.	*ne.*
4 quart.	colchique.	25 jeu.	
5 quint.	*Cheval.*	26 ven.	Nouvelle
6 sext.	balzamine.	27 sam.	lune le 3 à
7 sept.	carotte.	28 D.	3 h. 5 m.
8 oct.	amaranthe.	29 lun.	du matin.
9 nonodi	panis.	30 mar.	
10 *Déc.*	CUVE.	1m. O.	
11 prim.	pom. de te.	2 jeu.	Premier
12 duodi.	immortelle.	3 ven.	quart. le 11
13 tridi.	potiron.	4 sam.	à 6 h. 42
14 quart.	réséda.	5 D.	minut. du
15 quint.	*Ane.*	6 lun.	matin.
16 sext.	bel. de nuit.	7 mar.	
17 sept.	citrouille.	8 mer.	
18 oct.	sarrasin.	9 jeu.	Pleine l.
19 nonodi	tournesol.	10 ven.	le 18 à 0 h.
20 *Déc.*	PRESSOIR.	11 sam.	38 min. du
21 prim.	chanvre.	12 D.	matin.
22 duodi.	pêche.	13 lun.	
23 tridi.	navet.	14 mar.	
24 quart.	grenesiene.	15 mer.	Dernier
25 quint.	*Bœuf.*	16 jeu.	quar. le 24
26 sext.	amarillis.	17 ven.	à 7 h. 9 m.
27 sept.	piment.	18 sam.	du soir.
28 oct.	tomate.	19 D.	
29 nonodi	orge.	20 lun.	
30 *Déc.*	TONNEAU.	21 mar.	

Ere Républicaine.		E. Vul.	Lunaisons
			suiv. l'ere
1 prim.	pomme.	22 m. O.	républicai-
2 duodi.	céleri.	23 jeu.	ne.
3 tridi.	poire.	24 ven.	
4 quart.	betterave.	25 sam.	Nouvelle
5 quint.	*Oie.*	26 D	lune le 2
6 sext.	héliotrope.	27 lun.	à 10 h. 47
7 sept.	figue.	28 mar.	m. du soir.
8 octodi.	scorsonère.	29 mer.	
9 nonodi	alisier.	30 jeu.	
10 *Déc.*	CHARRUE.	31 ven.	Premier
11 prim.	salsifis.	1 s. N.	quartier le
12 duodi.	macre.	2 D.	10 à 6 h. 53
13 tridi.	topinamb.	3 lun.	minut. du
14 quart.	endive.	4 mar.	soir.
15 quint.	*Dindon.*	5 mer.	
16 sext.	chervi.	6 jeu.	
17 sept.	cresson.	7 ven.	Pleine l. le
18 octodi.	dentelaire.	8 sam.	17 à 10 h.
19 nonodi	grenade.	9 D.	4 min. du
20 *Déc.*	HERSE.	10 lun.	matin.
21 prim.	bacchante.	11 mar.	
22 duodi.	azerole.	12 mer.	
23 tridi.	garance.	13 jeu.	
24 quart.	o ange.	14 ven.	Dernier
25 quint.	*Faisan.*	15 sam.	quar. le 24
26 sext.	pistache.	16 D.	à 11 h. 37
27 sept.	macjonc.	17 lun.	m. du mat.
28 octodi.	coing.	18 mar.	
29 nonodi	cormier.	19 mer.	
30 *Déc.*	ROULEAU.	20 jeu.	

III. FRIMAIRE.

Ere Républicaine.		E. Vul.	Lunaisons
1 prim.	raiponce.	21 v. N.	suv. l'Ere
2 duodi.	turneps.	22 sam.	républicai-
3 tridi.	chicorée.	23 D.	ne.
4 quart.	nefle.	24 lun.	Nouvelle
5 quint.	Cochon.	25 mar.	lune le 2
6 sext.	mâche.	26 mer.	à 4 h. 28
7 sept.	choufleur.	27 jeu.	minut. du
8 octodi.	miel.	28 ven.	soir.
9 nonodi	genièvre.	29 sam.	
10 Déc.	PIOCHE.	30 D.	Premier
11 prim.	cire.	1 l. D.	quartier le
12 duodi.	raifort.	2 mar.	10 à 5 h.
13 tridi.	cèdre.	3 mer.	10 m. du
14 quart.	sapin.	4 jeu.	matin.
15 quint.	Chevreuil.	5 ven.	
16 sext.	ajonc.	6 sam.	
17 sept.	cyprès.	7 D.	Pl. lune le
18 octodi.	lierre.	8 lun.	16 à 8 h.
19 nonodi	sabine.	9 mar.	53 min. du
20 Déc.	HOYAU.	10 mer.	soir.
21 prim.	érable sucr.	11 jeu.	
22 duodi.	bruyère.	12 ven.	
23 tridi.	roseau.	13 sam.	
24 quart.	oseille.	14 D.	Dernier
25 quint.	Grillon.	15 lun.	quar. le 24
26 sext.	pignon.	16 mar.	à 7 h. 28 m.
27 sept.	liège.	17 mer.	du matin.
28 octodi.	truffe.	18 jeu.	
29 nonodi	olive.	19 ven.	
30 Déc.	PELLE.	20 sam.	

IV. NIVOSE.

Ere Républicaine.		E. Vul.	Lunaisons
1 prim.	tourbe.	21 D. D.	suiv. l'Ere
2 duodi.	houille.	22 lun.	républicai-
3 tridi.	bitume.	23 mar.	ne.
4 quart.	soufre.	24 mer.	Nouvelle
5 quint.	*Chien.*	25 jeu.	lune le 2
6 sext.	lave.	26 ven.	à 9 h. 15
7 sept.	terre végét.	27 sam.	m. du ma-
8 octodi.	fumier.	28 D.	tin.
9 nonodi	salpêtre.	29 lun.	
10 *Déc.*	FLÉAU.	30 mar.	Premier
11 prim.	granit.	31 mer.	quartier le
12 duodi.	argile.	1 j. J.	9 à 1 h. 34
13 tridi.	ardoise.	2 ven.	m. du soir.
14 quart.	grès.	3 sam.	
15 quint.	*Lapin.*	4 D.	
16 sext.	silex.	5 lun.	Pleine l. le
17 sept.	marne.	6 mar.	16 à 9 h.
18 octodi.	pierre à ch.	7 mer.	42 m. du
19 nonodi	marbre.	8 jeu.	matin.
20 *Déc.*	*Van.*	9 ven	
21 prim.	pierre à pl.	10 sam.	
22 duodi.	sel.	11 D.	
23 tridi.	fer.	12 lun.	
24 quart.	cuivre.	13 mar.	Dernier
25 quint.	*Chat.*	14 mer.	quar. le 24
26 sext.	étain.	15 jeu.	à 5 h. 0 m.
27 sept.	plomb.	16 ven.	du matin.
28 octodi	zinc.	17 sam.	
29 nonod.	mercure.	18 D.	
30 *Déc.*	CRIBLE.	19 lun.	

V. PLUVIOSE.

Ere Républicaine.		E. Vul.	Lunaisons
1 prim.	lauréole.	20 m. J.	suiv. l'Ere
2 duodi.	mousse.	21 mer.	républicai-
3 tridi.	fragon.	22 jeu.	ne.
4 quart.	perce-nei.	23 ven.	Nouvelle
5 quint.	*Taureau.*	24 sam.	lune le 2
6 sext.	laurier. th.	25 D.	à o h. 18
7 sept.	amadouv.	26 lun.	m. du ma-
8 octodi.	mézéréon.	27 mar.	tin.
9 nonodi	peuplier.	28 mer.	Premier
10 *Déc.*	COIGNÉE.	29 jeu.	quartier le
11 prim	ellébore.	30 ven.	8 à 9 h.
12 duodi.	broçoli.	31 sam.	12 min. du
13 tridi.	laurier.	1 D.F.	soir.
14 quart.	avelinier.	2 lun.	
15 quint.	*Vache.*	3 mar.	
16 sext.	buis.	4 mer.	Pleine l.
17 sept.	lichen.	5 jeu.	le 16 à o
18 octodi.	if.	6 ven.	h. 41 min.
19 nonodi	pulmoaire	7 sam.	du matin.
20 *Déc.*	SERPETTE	8 D.	
21 prim.	thlaspi.	9 lun.	
22 duodi.	thymelé.	10 mar.	
23 tridi.	chiendent.	11 mer.	
24 quart.	trainasse.	12 jeu.	Dernier
25 quint.	*Veau.*	13 ven.	quar. le 24
26 sext.	guède.	14 sam.	à 2 h. 17
27 sept.	noisetier.	15 D.	m. du ma-
28 octodi.	ciclamen.	16 lun.	tin.
29 nonodi	chélidoine.	17 mar.	
30 *Déc.*	TRAINEAU·	18 mer.	

VI. VENTOSE.

Ere Républicaine.		E. Vul.	Lunaisons
1 prim.	tussillage.	19 j. F.	suiv. l'Ere
2 duodi.	cornouille.	20 ven.	républicai-
3 tridi.	violier.	21 sam.	ne.
4 quart.	troëne.	22 D.	Nouvelle
5 quint.	*Bouc.*	23 lun.	lune le 1
6 sext.	asaret.	24 mar.	à 1 h. 14
7 sept.	alaterne.	25 mer.	m. du soir.
8 octodi.	violet e.	26 jeu.	
9 nonodi	marceau.	27 ven.	Premier
10 *Déc.*	BECHE.	28 sam.	quart. le 8
11 prim.	narcisse.	1 D.M.	à 5 h. 12 m.
12 duodi.	orme.	2 lun.	du matin.
13 tridi.	fume terre.	3 mar.	
14 quart.	velar.	4 mer.	
15 quint.	*Chevre.*	5 jeu.	Pl. lune
16 sext.	épinards.	6 ven.	le 15 à 5 h.
17 sept.	doronic.	7 sam.	15 min. du
18 octodi.	mouron.	8 D.	soir.
19 nonodi	cerfeuil.	9 lun.	
20 *Déc.*	CORDEAU.	10 mar.	
21 prim.	mandrag.	11 mer.	
22 duodi.	persil.	12 jeu.	
23 tridi.	cochléaria.	13 ven.	Dernier
24 quart.	paqueret.	14 sam.	quar. le 23
25 quint.	*Thon.*	15 D.	à 9 h. 28
26 sext.	pissenlit.	16 lun.	m. du soir.
27 sept.	silvie.	17 mar.	Nouvelle
28 octodi.	capillaire.	18 mer.	lune le 30
29 nonodi	frêne.	19 jeu.	à 11 h. 51
30 *Déc.*	PLANTOIR	20 ven.	m. du soir.

VII. GERMINAL.

Ere Républicaine.		E. Vul.	Lunaisons
1 prim.	prime-vère.	21 s. M.	suiv. l'Ere
2 duodi.	platane.	22 D.	républicai-
3 tridi.	asperge.	23 lun.	ne.
4 quart.	tulipe.	24 mar.	
5 quint.	*Poule.*	25 mer.	
6 sext.	blette.	26 jeu.	
7 septi.	bouleau.	27 ven.	Premier
8 octodi.	jonquille.	28 sam.	quartier le
9 nonodi	aulne.	29 D.	7 à 2 h. 31
10 *Déc.*	COUVOIR.	30 lun.	minut. du
11 prim.	pervenche.	31 mar.	soir.
12 duodi.	charme.	1 m A.	
13 tridi.	morille.	2 jeu.	
14 quart.	hetre.	3 ven.	
15 quint.	*Abeille.*	4 sam.	Pl. lun. le
16 sext.	laitue.	5 D.	15 à 10 h.
17 sept.	mélèze.	6 lun.	17 m. du
18 octodi.	ciguë.	7 mar.	matin.
19 nonodi	radis.	8 mer.	
20 *Déc.*	RUCHE.	9 jeu.	
21 prim.	gainier.	10 v. n.	
22 duodi.	romaine.	11 sam.	
23 tridi.	marronn.	12 D.	Dernier
24 quart.	roquette.	13 lun.	quar. le 23
25 quint.	*Pigeon.*	14 mar.	à 1 h. 16 m.
26 sext.	lilas.	15 mer.	du soir.
27 sept.	anémone.	16 jeu.	Nouvelle
28 octod.	pensee.	17 ven.	lune le 30
29 nonodi	myrtle.	18 sam.	à 8 h. 34 m.
30 *Déc.*	GREFFOIR	19 D.	du matin.

VIII. FLOREAL.

Ere Républicaine.		E. Vul.	Lunaisons
1 prim.	rose.	20 l. A.	suiv. l'Ere
2 duodi.	chêne.	21 mar.	républicai-
3 tridi.	fougère.	22 mer.	ne.
4 quart.	aubépine.	23 jeu.	
5 quint.	ROSSIGNOL	24 ven.	
6 sext.	ancolie.	25 sam.	
7 sept.	muguet.	26 D.	Premier
8 octodi.	champign.	27 lun.	quart. le 7
9 nonodi	hyacinthe.	28 mar.	à 1 h. 42 m.
10 Déc.	RATEAU.	29 mer.	du matin.
11 prim.	rhubarbe.	30 jeu.	
12 duodi.	sainfoin.	1 v. M.	
13 tridi.	bâton-d'or.	2 sam.	
14 quart.	chaméris.	3 D.	
15 quint.	Ver-à-soie.	4 lun.	Pl. lune
16 sext.	consoude.	5 mar.	le 15 à 2 h.
17 sept.	pimprenell.	6 mer.	52 min. du
18 octodi.	corb-d'or.	7 jeu.	matin.
19 nonodi	arroche.	8 ven.	
20 Déc.	SARCLOIR.	9 sam.	
21 prim.	statice.	10 D.	
22 duodi.	fritillaire.	11 lun.	Dernier
23 tridi.	bourrache.	12 mar.	quar. le 23
24 quart.	valériane.	13 mer.	à o h. 58
25 quint.	Carpe.	14 jeu.	m. du ma-
26 sext.	fusain.	15 ven.	tin.
27 sept.	civette.	16 sam.	Nouvelle
28 octodi.	buglose.	17 D.	lune le 29
29 nonodi	senevé.	18 lun.	à 3 h. 58
30 Déc.	HOULETTE	19 mar.	m. du soir.

IX. PRERIAL.

Ere Républicaine.		E. Vul.	Lunaisons
1 prim.	luzerne.	20 m.M.	suiv. l'Ere
2 duodi.	héméroc.	21 jeu.	républicai-
3 tridi.	trefle.	22 ven.	ne.
4 quart.	angélique.	23 sam.	
5 quint.	*Canard.*	24 D.	
6 sext.	mélisse.	25 lun.	Premier
7 sept.	fromental.	26 mar.	quartier le
8 octodi.	martagon.	27 mer.	6 à 2 h.
9 nonodi	serpolet.	28 jeu.	42 min. du
10 *Déc.*	FAULX.	29 ven.	soir.
11 prim.	fraise.	30 sam.	
12 duodi.	bétoine.	31 D.	
13 tridi.	pois.	1 l. J.	
14 quart.	acacia.	2 mar.	Pl. lune
15 quint.	*Caille.*	3 mer.	le 14 à 6
16 sext.	œillet.	4 jeu.	h. 10 min.
17 sept.	sureau.	5 en.	du soir.
18 octodi.	pavot.	6 sam.	
19 nonodi	tilleul.	7 D.	
20 *Déc.*	FOURCHE.	8 lun.	
21 prim.	barbeau.	9 mar.	
22 duodi.	camomille.	10 mer.	Dernier
23 tridi.	ch.-feuille.	11 jeu.	quar. le 22
24 quart.	caille-lait.	12 ven.	à 9 h. 0 m.
25 quint.	*Tanche.*	13 sam.	du matin.
26 sext.	jasmin.	14 D.	Nouvelle
27 sept.	verveine.	15 lun.	lune le 28
28 octodi.	thym.	16 mar.	à 11 h. 17
29 nonodi	pivoine.	17 mer.	minut. du
30 *Déc.*	CHARIOT.	18 jeu.	soir.

X. MESSIDOR.

Ere Républicaine.		E. Vul.	Lunaisons
1 prim.	seigle.	19 v. J.	suiv. l'Ere
2 duodi.	avoine.	20 sam.	républicai-
3 tridi.	oignon.	21 D.	ne.
4 quart.	véronique.	22 lun.	
5 quint.	Mulet.	23 mar.	
6 sext.	romarin.	24 mer.	Premier
7 sept.	concombre.	25 jeu.	quartier le
8 octodi.	échalottes.	26 ven.	6 à 5 h. 30
9 nonodi	absynthe.	27 sam.	m. du ma-
10 Déc.	FAUCILLE.	28 D.	tin.
11 prim.	coriandre.	29 lun.	
12 duodi.	artichaut.	30 mar.	
13 tridi.	giroflée.	1 m. J.	
14 quart.	lavande.	2 jeu.	Pl. lune
15 quint.	Chamois.	3 ven.	le 14 à 7
16 sext.	tabac.	4 sam.	h. 53 min.
17 sept.	groseille.	5 D.	du matin.
18 octodi.	gesse.	6 lun.	
19 nonodi	cerise.	7 mar.	
20 Déc.	PARC.	8 mer.	
21 prim.	menthe.	9 jeu.	Dernier
22 duodi.	cumin.	10 ven.	quar. le 21
23 tridi.	haricots.	11 sam.	à 2 h. 27
24 quart.	orcanete.	12 D.	m. du soir.
25 quint.	Pintade.	13 lun.	
26 sext.	sauge.	14 mar.	Nouvelle
27 sept.	ail.	15 mer.	lune le 28
28 octodi.	vesce.	16 jeu.	à 7 h. 40
29 nonodi	bled.	17 ven.	minut. du
30 Déc.	CHALÉMIE.	18 sam.	matin.

XI. THERMIDOR.

Ere Républicaine.		E. Vul.	Lunaisons
1 prim.	épeautre.	19 D. J.	suiv. l'Ere
2 duodi.	bouill.-bla.	20 lun.	républicai-
3 tridi.	melon.	21 mar.	ne.
4 quart.	ivraie.	22 mer.	Premier
5 quint.	*Bélier*.	23 jeu.	quartier le
6 sext.	prêle.	24 ven.	5 à 1 h. 10.
7 sept.	armoise.	25 sam.	minut. du
8 octodi.	carthame.	26 D.	soir.
9 nonodi	mûres.	27 lun.	
10 *Déc.*	ARROSOIR.	28 mar.	
11 prim.	panis.	29 mer.	
12 duodi.	salicor.	30 jeu.	
13 tridi.	abricot.	31 ven.	Pleine l.
14 quart.	basilic.	1 s. A.	le 13 à 8
15 quint.	*Brebis.*	2 D.	h. 2 min.
16 sext.	guimauve.	3 lun.	du soir.
17 sept.	lin.	4 mar.	
18 octodi.	amande.	5 mer.	
19 nonodi	gentiane.	6 jeu.	
20 *Déc.*	ÉCLUSE.	7 ven.	
21 prim.	carline.	8 sam.	
22 duodi.	caprier.	9 D.	Dernier
23 tridi.	lentille.	10 lun.	quar. le 20
24 quart.	aunée.	11 mar.	à 6 h. 56 m.
25 quint.	*Loutre.*	12 mer.	du soir.
26 sext.	myrthe.	13 jeu.	
27 sept.	colza.	14 ven.	Nouvelle
28 octodi.	lupin.	15 sam.	lune le 27
29 nonodi	coton.	16 D.	à 6 h. 2 m.
30 *Déc.*	MOULIN.	17 lun.	du soir.

Ere Républicaine.		E. Vul.	Lunaisons
1 prim.	prune.	18 m. A.	suiv. l'Ere
2 duodi.	millet.	19 mer.	républicai-
3 tridi.	lycoperde.	20 jeu.	ne.
4 quart.	escourgeon.	21 ven.	
5 quint.	*Saumon.*	22 sam	Premier
6 sext.	tubéreuse.	23 D.	quartier le
7 sept.	sucrion.	24 lun.	5 à 3 h.
8 octodi.	apocyn.	25 mar.	35 m. du
9 nonodi	réglisse.	26 mer.	soir.
10 *Déc.*	ECHELLE.	27 jeu.	
11 prim.	pastèque.	28 ven.	
12 duodi.	fenouil.	29 sam.	
13 tridi.	ép-vinette.	30 D.	Pl. lune
14 quart.	noix.	31 lun.	le 13 à 6
15 quint.	*Truite.*	1 m. S.	h. 46 min.
16 sext.	citron.	2 mer.	du matin.
17 sept.	cardière.	3 jeu.	
18 octodi.	nerprun.	4 ven.	
19 nonodi	tagette.	5 sam	
20 *Déc.*	HOTTE.	6 D.	Dernier
21 prim.	églantier.	7 lun.	quartier le
22 duodi.	noisette.	8 mar.	20 à 0 h.
23 tridi.	houblon.	9 mer.	13 m. du
24 quart.	sorgho.	10 jeu.	matin.
25 quint.	*Ecrevisse,*	11 ven.	
26 sext.	bigarade.	12 sam.	
27 sept.	verge-d'or.	13 D.	Nouvelle
28 octodi.	maïs.	14 lun.	lune le 27
29 nonodi	marron.	15 mar.	à 7 h. 3 m.
30 *Déc.*	PANIER.	16 mer.	du matin.

LES SANS-CULOTTIDES.

Ere Républic.	Ere Vulgaire.	Lunaison.
1 Les Vertus.	17 Jeudi SEPT.	Premier
2 Le Génie.	18 Vendredi.	quartier la
3 Le Travail.	19 Samedi.	⸻ Fête
4 L'Opinion.	20 Dimanche.	à 9 h. 43
5 Récomp.	21 Lundi.	minut. du
6 Révolution.	22 mardi.	matin,

LES FÊTES DÉCADAIRES.

1 A l'Être suprême et à la Nature.
2 Au genre humain.
3 Au Peuple français.
4 Aux Bienfaiteurs de l'humanité.
5 Aux Martyrs de la Liberté.
6 A la Liberté et à l'Égalité.
7 A la République.
8 A la Liberté du monde.
9 A l'amour de la Patrie.
10 A la haine des Tyrans:
11 A la Vérité.
12 A la Justice.
13 A la Pudeur.
14 A la Gloire et à l'Immortalité.

15 A l Amitié.
16 A la Frugalité.
17 Au Courage.
18 A la Bonne-Foi.
19 A l'Héroïsme.
20 Au Désintéressement.
21 Au Stoïcisme.
22 A l'Amour.
23 A la Foi conjugale.
24 A l'Amour paternel.
25 A la Tendresse maternelle.
26 A la Piété filiale.
27 A l'Enfance.
28 A la Jeunesse.
29 A l'Age viril.
30 A la Vieillesse.
31 Au Malheur.
52 A l'Agriculture.
33 A l'Industrie.
34 A nos Ayeux.
35 A la Postérité.
36 Au Bonheur.

De l'Imprimerie de ROCHETTE, rue Chalier,
ci-devant Sorbonne, Nº 382.

www.ingramcontent.com/pod-product-compliance
Lightning Source LLC
Chambersburg PA
CBHW060441260626
47161CB00005B/2024